DISNEY · PIXAR

盛夏友晴天

LUCA

新雅文化事業有限公司
www.sunya.com.hk

在海底下……

路卡・柏古羅

12歲的路卡和其他居住在利古里亞海的海獸不同。雖然他很害怕海面上的世界——因為媽媽經常告誡他，那是個可怕的世界——但他仍然對居住在那裏的地怪感到好奇。當路卡遇上另一隻似乎了解地怪所有事情的年輕海獸時，他終於有機會找出人類世界到底有多危險和多精彩了。

艾伯圖・斯科法諾

艾伯圖是一隻獨自居住在陸地上的14歲海獸，他自稱為地怪專家。他居住在馬雷島上的一座廢棄塔樓，馬雷島就在人類城鎮波托羅素附近。艾伯圖長時間以來一直在蒐集人類的東西，從船隻殘骸中打撈物品，甚至從小船上把物品偷走，然後期待着與他最好的朋友分享。當艾伯圖遇上路卡後，便明白到自己已找到最好的朋友了。

丹妮拉・柏古羅

路卡的媽媽深知海面上的世界有多危險。因此，她總是把握每一個機會去提醒兒子，即使談論或思考海面的事情也是禁忌，更不用説要接近海面了。她也許看似相當不近人情，但這些做法都是出於母親的關愛。丹妮拉知道路卡對地怪十分着迷，但她只想路卡能平安。

洛倫素・柏古羅

儘管比丹妮拉温柔，也更理解路卡，但身為路卡的爸爸，他與妻子一樣擔心自己的兒子。和丹妮拉相同，洛倫素認為最明智的做法就是儘可能遠離海面。他的兄弟燈籠魚大伯便痛切地上了一課。燈籠魚大伯也是因為對海面世界感到好奇，令他幾乎被殺死，並被送往大海裏最黑暗的深處生活。

柏古羅婆婆

與丹妮拉和洛倫素不同，路卡的祖母對孫兒非常理解和愛護，甚至會在孫兒偷走出去被抓住時為他掩護。她亦喜歡對路卡説，只要丹妮拉批准，她也會到海面一趟，接受大改造——就是暫時隱藏自己的尾巴，並變成人類。

波托羅素

波托羅素是一個位於利古里亞海岸的意大利小鎮，也是路卡夢寐以求又恐懼的地方。他被鎮上大量的當地英雄雕像嚇怕——那是一位顯赫有名的海獸殺手——同時又對人類和他們的習慣着迷。其中有一樣東西尤其令路卡和艾伯圖心醉神馳：偉士牌電單車，他們認為這是歷來最神奇的人類工藝品！

莉莉・馬可瓦多

莉莉個性堅毅又熱情洋溢，深愛書本和天文學，這個13歲的人類女孩與父親一同在波托羅素度過夏日。當地所有人都認為莉莉只是一個古怪的城市女孩，並不屬於這個小鎮，這就是每年莉莉都想在當地最受歡迎的比賽中爭勝的原因，這個比賽就是三項鐵人大食賽！不過無論莉莉每年有多努力，她總是失敗收場。不過今年不一樣了，因為今年有些新朋友加入了她的隊伍：兩個像她一樣的弱者。

馬西莫・馬可瓦多

莉莉的父親在波托羅素經營鮮魚店，是一個沉默寡言的男人。他高大壯碩，令人印象深刻，而且刀法極佳。他也許看來有點可怕，但他藏着一顆溫柔的心——除了遇上海獸的時候。作為一個漁夫，馬西莫相信海獸並不僅是當地的傳說，他認為自己是一名海獸獵人，靜候機會捕殺一隻海獸。

阿高尼・維斯哥迪

所有人都喜愛（又懼怕）阿高尼。阿高尼風趣又有魅力，總是被兩個支持者阿肥和阿瘦圍繞着。這個17歲的少年是一個勝利者，他未嘗在三項鐵人大食賽中落敗，特別是不會敗給像莉莉一樣的人。他認為自己駕駛着偉士牌電單車時，甚至吃三文治時都是帥氣極了。但真相是，阿高尼只是一個惡霸，他只關心自己，還有他的偉士牌電單車！

瑪之

作為莉莉和馬西莫的貓，牠總是能獲得牠想要的魚。瑪之通常對人類都很友善親切，不過當牠遇見路卡和艾伯圖時，卻展現出富攻擊性與飢餓的一面。那兩個人肯定有些可疑的地方。

「嗯，我只是在想……
那些船是從哪裏來的呢？」

——路卡

萊曼托
意大利
利古里亞海邊有一個小鎮名叫波托羅素，那裏的漁民常常問……
波托羅素
科爾尼利亞
馬雷島
如果關於海獸的古老傳說是真的，那會怎樣？
GELSOMINA
你好，路卡！
早安，艾高斯達太太。
嗚哇！
是地怪！各位快躲到岩石下面！
路卡！要吃午餐了！

你遲到了兩分鐘。是不是有船駛過？你有沒有躲起來？
有呀，媽媽。
如果他們看到你……你認為他們是來認識新朋友的嗎？嗯？
不，我沒有這樣想。

路卡，你心裏在想什麼？
我……我……嗯，我只是在想……那些船是從哪裏來的呢？

它們來自地怪的城鎮，就在海面上方。我曾經在那裏玩撲克牌打敗了某個傢伙。

你到過海面？還……還接受了大改造？
不可以！話題結束了！不要再說了。我們不可以談論、思考、商討、想像，或者到接近水面的任何地方！明白了嗎？
知道了，媽媽。

不過，沒多久……

哇嗚！

呀呀呀呀！

沒事的。我
不是人類。
噢，哈哈。
謝天謝地。

喂，等等！
那是我的！

先生，你忘了
你的魚叉，
還有……

呼嗖嗖

呀呀呀！
天呀！
第一次來
海面嗎？
當然！
我是個好
孩子！

嘿，放鬆點，
深呼吸。這不
是很好嗎？

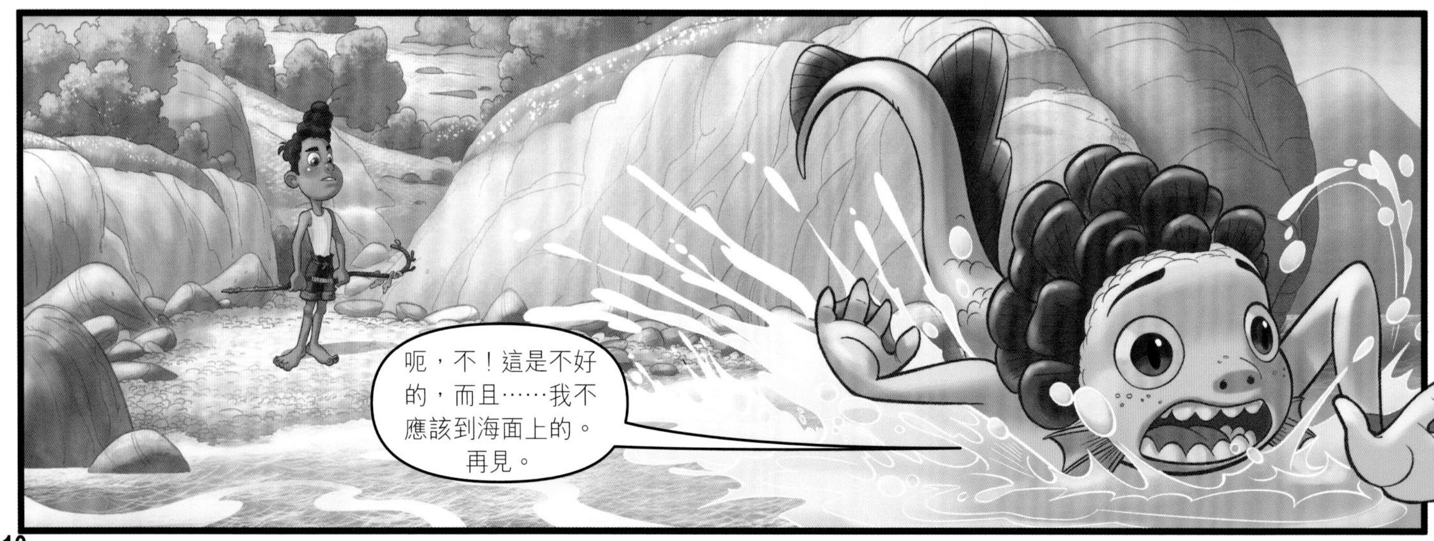
呃，不！這是不好
的，而且……我不
應該到海面上的。
再見。

不過到了第二天……
好了，各位。這是，呃……卡路！從現在開始由他負責，明白了嗎？

路卡找到了方法回到馬雷島！
好好走路，別擔心。
你走運了，基本上是我發明走路的。
你只要踏出一步，甚至不要想着它……將你的腳指向你想要前往的方向，然後趕在你跌倒前穩住自己。
做得不錯啊，小子。
我是艾伯圖．斯科法諾。
我是路卡．柏古羅。
我的天啊！你就住在上面？
對呀。只有我和我爸爸。他不常在這裏，所以我很多時候都會隨意做自己想做的事。

這不危險嗎？
危險呀，不過這裏是最好的。所有好東西都在海面上方。
空氣！地心吸力！天空、雲朵、太陽，然後還有人類的東西……
如你所見，我花了很長的時間，一直在蒐集人類的東西，所以隨便問我任何事情吧。

那是什麼？
噢，那是人類歷來製作過最厲害的東西，
偉士牌電單車。
Vespa
è
libertà

你只要坐上去，它便會帶你到任何想去的地方。
「偉士牌就是自由。」

你準備製造一輛電單車嗎？你應該已收集到所有零件吧！
啊！
我確實擁有所有零件，想要製造一輛電單車！你要幫我嗎？
我？好呀！等等，不行，我不能幫你，我必須回家。如果我的父母發現我在這裏，那就糟糕了。
謝謝你，但是……再見，永別了。

Vespa
è
libertà
但數小時後……
它甚至比照片中的樣子更好看！
對，沒錯。

我要走了！
明天見！

那天晚上，路卡無法入眠，他正為未來的日子感到興奮不已。

地心吸力，
帶我前進吧！
哎呀！
哎呀！
來吧，
路卡！
呀呀呀呀！

然後，有一天……
來，我們要一起騎電單車。
如果你不坐在後座，然後抓着前方，整輛電單車便會四分五裂。
不行，我做不到的。就算給我練習100萬年也不行。
我知道你的問題是什麼，你的腦袋裏有一個膽小鬼。我有時也會有一個：「艾伯圖，你做不到的。艾伯圖，你會死掉。艾伯圖，不要把那東西放進嘴裏。」
路卡，這很簡單：別聽從那個愚蠢的膽小鬼的話。
為什麼他的名字是膽小鬼。
那不是重點，隨便你怎樣叫他想他閉嘴時便說：「**給我安靜，膽小鬼。**」
給我安靜，膽小鬼。
大聲點！
給我安靜，膽小鬼！
給我安靜，膽小鬼！你還能聽見他的聲音嗎？
聽不見，只有你的聲音！

好，
抓緊了。
我們出發啦！
給我安靜，
膽小鬼。
給我安靜，
膽小鬼。
給我安靜……
膽小鬼！
啊呼！
撲通
撲通
耶！接招吧，
膽小鬼！
真好！我們還
活着！我真不
敢相信！

之後……
那些微小的光是什麼？
是鯷魚，牠們會到那兒睡覺。
而那尾大魚會保護牠們。
我曾經觸摸過牠一次，感覺就像一尾魚。
嘩！你的人生比我的精彩多了，你有去過人類的城鎮嗎？
沒有，不過我爸爸告訴過我關於城鎮裏的一切，所以我也算是專家。
要是能擁有一輛真正的偉士牌電單車，那不是很棒嗎？
對呀，那是我的夢想。
噢！不好！我睡着了！

回到家中，路卡陷入大麻煩了。他的父母已發現他偷偷跑到海面上去！
路卡，這是我的哥哥，你的大伯燈籠魚。他大老遠從深海來到這裏。
你在夏季餘下的日子裏要留在他身邊。
不！我不要！
人類世界是非常危險的地方呀，路卡！
如果我必須將你送到深海才能確保你平安無事，那我會照做。
你根本不知道海面上是什麼樣子！
我很清楚你，而且我也知道什麼對你才是最好的，這就足夠了。
你知道我愛你，對吧？

他們要將我送到
深海去！我應該
怎樣做？
留在這裏？
在這裏？他們
會來找我的！
但他們會不會
到那邊找你？
我的意思是，那個地方肯定充滿
了偉士牌電單車，肯定有一輛適
合我們的。想想看，我們每天都
騎着電單車到一個新地方……

「沒有人要求我們應該做什
麼。只有你和我在那裏自由
自在地做喜歡的事。」

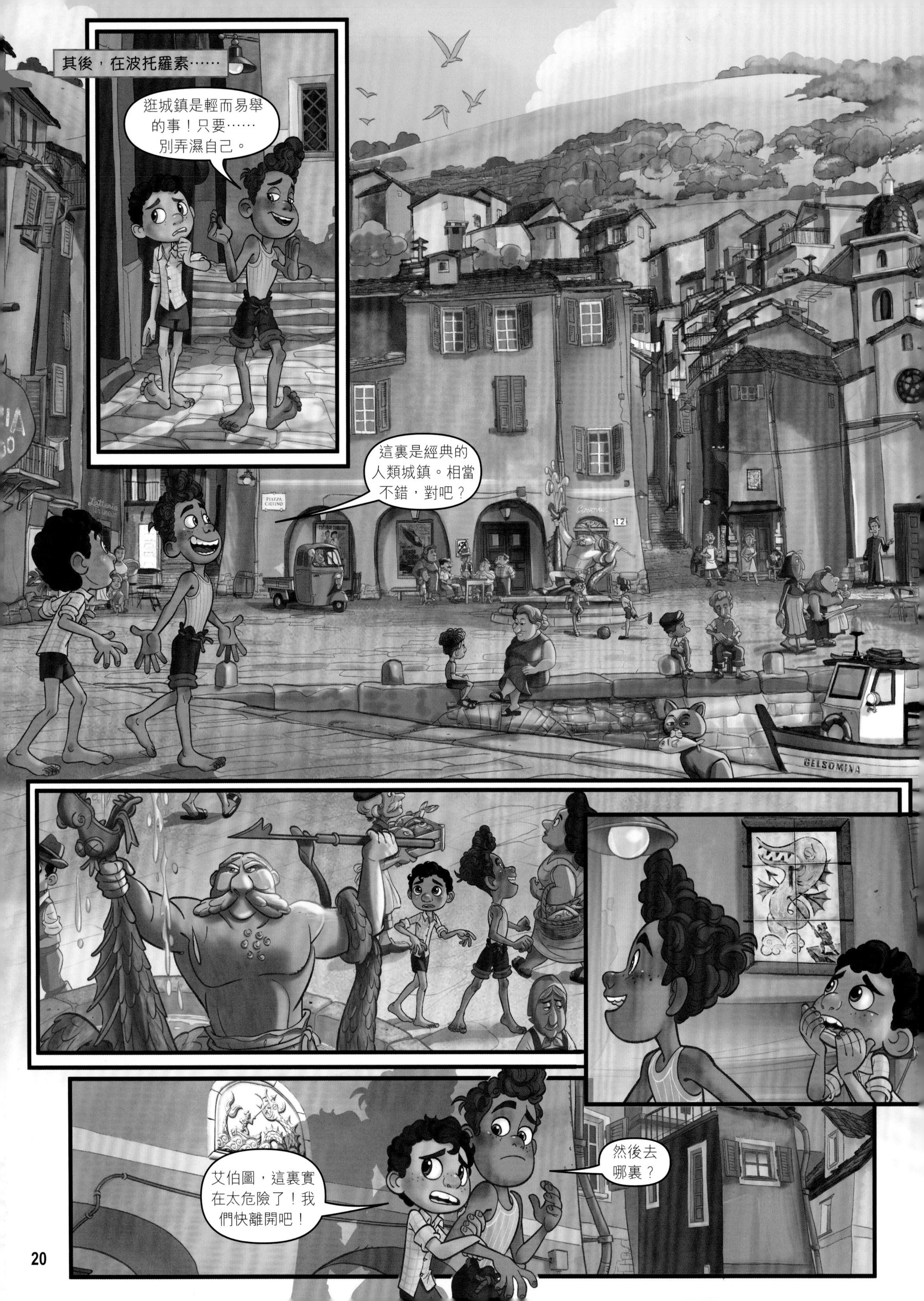

其後，在波托羅素……
逛城鎮是輕而易舉的事！只要……別弄濕自己。
這裏是經典的人類城鎮。相當不錯，對吧？
PIAZZA CALVINO
GELSOMINA
艾伯圖，這裏實在太危險了！我們快離開吧！
然後去哪裏？

嘩！
那是……偉士牌先生！
蓬隆隆隆
請你不要再轉了。
實在太臭了，阿高尼！
各位早安！
蓬隆隆隆
Latteria
SAN GIORGIO
偉士牌電單車就在那裏！那就是我們飽覽世界的方法。
嗨！幫幫忙吧？

嗡
砰
TRATTORI
啊！我的女孩！
居然出現了刮痕，那麼嚴重……
某人今天成為幸運兒了。誰是幸運兒？
看，偉士牌先生，我……
偉士牌先生？哈哈哈，這傢伙真有趣。我是阿高尼．維斯哥迪，三項鐵人大食賽的五屆冠軍得主。
三項鐵人什麼？
三項鐵人大食賽！你認為我為了我那美麗的偉士牌電單車付了多少錢？

別再看了，她對你們來説太美麗了。
呀……我，呃……

「呀……我，呃……」哈哈哈！我喜歡這樣，這個小傢伙被嚇得説不出話來，而且他嗅起來就像身處鮮魚店一樣！

喂！我的朋友明明很好聞啊！
抱歉，抱歉。我會給他賠罪的。
阿肥，阿瘦。

你要做什麼？
路卡！

哈哈哈！
不不不不！

阿高尼！夠了！

嘎吱吱
噢，看看是誰在這裏？原來是噴泉小姐。那就是你為賽事訓練的方式嗎？
當然！你的恐怖統治即將結束……
你的意思是像一年前那樣？當時你不是在比賽途中退出了嗎？因為你無法停止嘔吐！
我沒有退出，是他們強迫我停下來的。
我認為那樣更糟糕。現在快走吧，我和我的新朋友玩得正開心呢。
他們要跟我走。
好吧，去開辦一個俱樂部吧，專給失敗者參加的那種。
又有目擊報告了，馬祖利。今次是在海港裏。
我知道，我們已經發布懸賞了。
阿肥！去拿你爸爸的魚叉來！
我們即將抓到一隻海獸了！

你知道吧……我們弱者必須互相照應！
你們是來鎮上參加三項鐵人大食賽的嗎？
嗯？

艾伯圖和路卡知道了女孩的真正名字是莉莉，還發現如果他們在三項鐵人大食賽勝出，便能得到一輛偉士牌電單車！
你們必須打敗阿高尼。
好吧，那麼我們去打敗阿高尼。

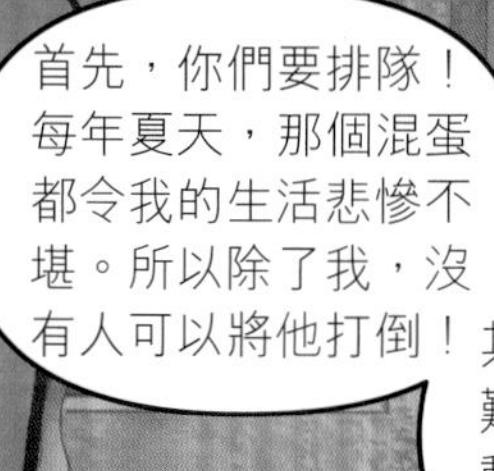
首先，你們要排隊！每年夏天，那個混蛋都令我的生活悲慘不堪。所以除了我，沒有人可以將他打倒！
其次，這是一個漫長又艱難的意式三項全能運動比賽，包括游泳、踏單車和吃意大利麪。

你們需要一個隊友。
等等，艾伯圖。不如我們加入她的隊伍？

莉莉先考驗一下他們的能耐。不過他們都不懂如何踏單車，也不能游泳，否則會變成海獸……
10
PESCHERIA

而且他們都是離家出走的孩子！
我不知道要怎麼做，朋友……
拜託！我的家人打算把我送到某個可怕的地方，遠離我深愛的一切事物。
可是如果我們勝出了這場比賽，這樣……我們便自由了！

嗯……你們超級想要那輛電單車，就和我一樣。
你們渴望擁有電單車，那是最重要的事情！
我現在比較渴望食物。
好！你負責吃，你來踏單車，而我去游泳。隊名叫「無名小卒」？
MARCOVALDO
無名小卒！
PIAZZA CALVINO

「如今我們只需要付報名費便可參賽，我爸爸會付錢。」
你猜他會用那些東西來殺死什麼東西？
任何會游泳的東西。
看過今天的報紙了嗎？
爸爸，那張照片是假的。波托羅素的所有居民都假裝相信海獸存在。
啊！
GAZETTA
MOSTRO AVVISTATO ALL'ISOLA

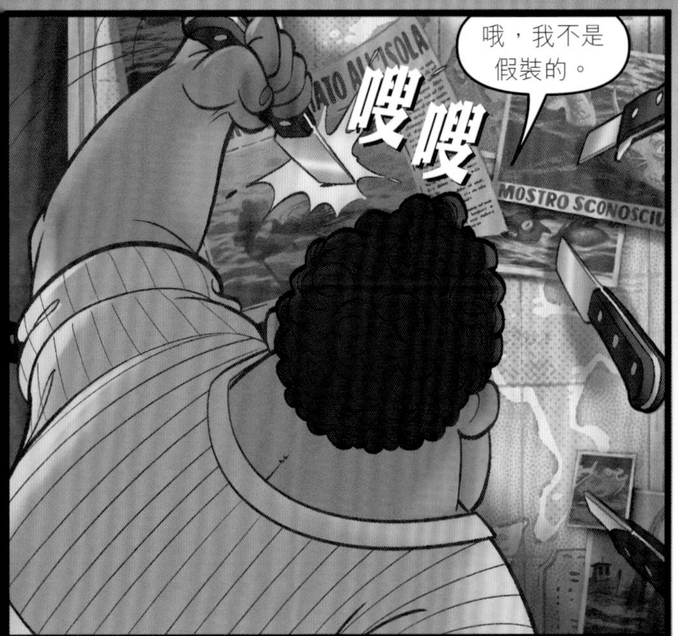
哦，我不是假裝的。
嗖嗖
MOSTRO SCONOSCIU

MOSTRO AVVISTATO ALL'ISOLA
MOSTRO SCONOSCIUTO?
CHE CREATURA È

MOSTRO AVVISTATO ALL'ISOLA
MOSTRO SCONOSCIUTO?
嗚！
噗嘶
哎呀！

剛才滑倒了。
晚餐準備好了，是青醬意大利麪，吃吧。
孩子，你們剛説是從哪裏來的？
嚼嚼
嚼嚼
他們，呃……是同學！從熱那亞來的，他們來參加比賽。
莉莉，來談一談？

我不想你再參加比賽了，因為你會變得那麼難過……
爸爸，求求你讓我參賽，我現在有隊友了。
還有報名費的問題。資金緊絀，我需要捕捉到更多的魚才行。
嗯……抱歉打擾你一下，我們可以幫忙的。
我們知道許多魚的事情呢。
之後……
朋友，晚安。早上見！
PESCHERIA
你有看見我坐在單車上的樣子嗎？我真的在踏單車！
有，不過我們的偉士牌電單車要比單車厲害多了。因為在我們得到它的一刻，我們便能離開這裏。
我等不及了。
與此同時，在不遠處……
嘩！我們看起來駭人極了！
來吧，去找兒子了。

第二天早上，莉莉去送貨，而路卡和文伯圖幫馬西莫捕魚。
每天這個時候，大部分魚兒大概都會在那裏。
沒多久……
你的朋友確實很了解魚！
他們得到足夠的金錢來支付比賽的報名費了！
各位波托羅素的居民，我是喬治．喬爾喬尼，是海獸殺手，也是深受愛戴的意大利麪供應者！
三項鐵人大食賽
海獸殺手？
她只是馬西格利斯夫人。她為喬治．喬爾喬尼意大利麪打工，即是比賽的贊助商。
要勝出這個鼎鼎有名的比賽，你們的隊伍必須首先……
征服港灣變化莫測的海域！吃光一碟我的神秘美味意大利麪！然後踏單車前往波托羅素山的山峯，再踏單車回來！

我真不敢相信！小女孩，你竟然和這些街童組隊？
別管他。
噢，我真希望你能參賽，但恐怕你的朋友還未繳付外來怪人稅呢。
啪
喂！把錢還給我！
噢，是時候了！來吧，路卡！**給我安靜，膽小鬼。**記着這是為了我們的偉士牌電單車！
停手！
阿高尼，你只是害怕我們會終結你的……
「不公義的邪惡帝國」？你有沒有其他新台詞？
有！你的樣子就像……呃……就像……
一尾鯰魚。牠們是卑微的底層魚，而且牠們同樣有兩根可悲的小鬍鬚。

20,000
Leghe
SOTTO I Mari
JAMES
呃！
哈哈哈哈

聽好了，小不點，我會吃掉像你一樣的小孩子當早餐的。
把它們拿好了。快去報名吧，我會以毀掉你們作為目標的。

TRATTORIA
路卡！做得好！我們成功了！
22

你好，莉莉。一人隊伍？
今次不是了！

路卡·柏古羅！
艾伯圖·斯科法諾。

就這樣，訓練開始！第一項：進食訓練……
每年他們都會更換不同的意大利麪，你必須預備好應付任何情況！
那可能是意大利麪卷、長通粉、螺絲粉、特飛麪，甚至千層麪！
而你必須使用叉子進食，這是規定。
第二項：單車訓練……
我的天！不行，我做不到！
我就知道會這樣！哈哈哈！
堅強點！路卡，別讓他的話打倒你。你能做到的！
好吧。**給我安靜，膽小鬼！**我們出發了！
呀呀呀！我做不到！
嘎吱吱吱
砰咚
然後是最後一項，游泳訓練！
人類就是那樣游泳的？
那真是慘不忍睹。

與此同時，路卡的父母仍在尋找路卡的下落……
PECK
HEPBURN
WALT DISNEY
這邊呀！踢過來吧！

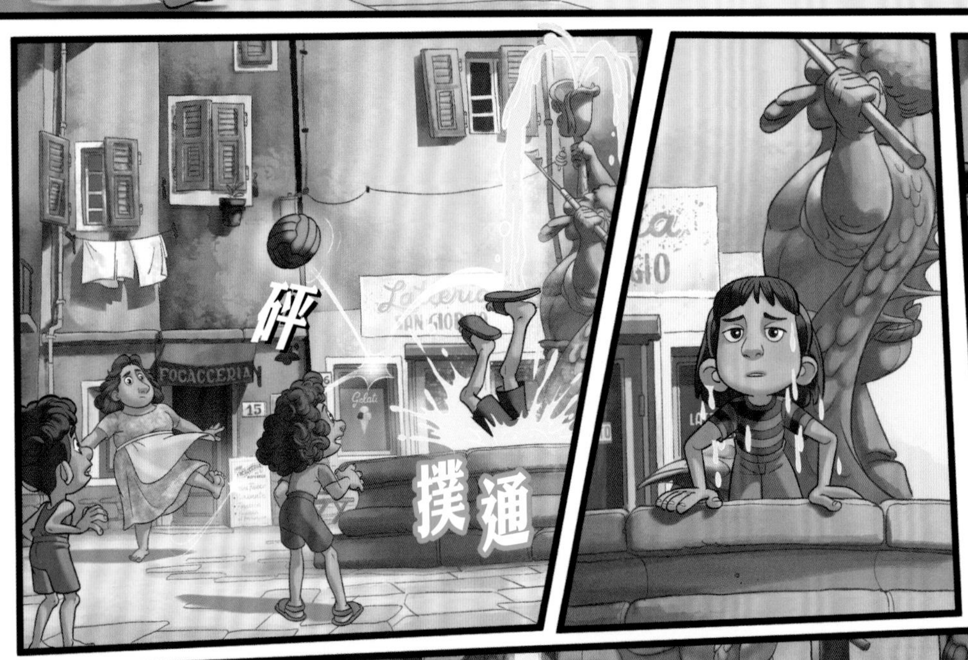
FOCACCERIA
砰
撲通

我有一個主意。

一個接一個，所有孩子都掉進噴泉去了……
撲通
不是我們的孩子。
不是我們的孩子。

但他們都不是路卡！
我們要繼續找下去。
呀！

那天晚上……
我想我可能看見我的父母了……
不可能。我告訴過你，他們不會到這裏來的。
好了，朋友們，我們來研究一下比賽戰術……
小朋友！我需要人手幫忙整理漁網。
唉。
嘿，我們一定會勝出的，而你會得到你的偉士牌電單車。不過你為什麼想要一輛偉士牌電單車？
因為那一定是很棒的事。每天我和艾伯圖會騎着電單車去到某個全新的地方，每晚都會在那尾魚下面安睡。
那尾……魚。呃……好吧。
PESCHERIA
MARCOVALDO

那麼你呢？你勝出後會做什麼？
我會在所有人面前說：「我一早告訴過你們我會勝出的！」
要上學的時候，我和媽媽一起住在熱那亞。每到暑假，我便會來這裏。這裏的人都認為我只是個不屬於這裏的古怪孩子。
我想我明白你的感受。
你知道那些不是魚，對吧？
牠們當然是魚呀！全都是艾伯圖告訴我的！
跟我來。
這是望遠鏡，貝納迪老伯批准我使用它的。
它能令遙遠的東西看似近在眼前……你有看見魚嗎？
那麼，那些是什麼東西？
恒星，就像太陽一樣，那是一團巨大、熊熊燃燒着的大火球！
那麼，艾伯圖錯了？

行星會圍繞恆星旋轉，我最喜歡的行星是土星，是最輕盈的行星！他們說，如果有一個大得足夠容納土星的海洋，土星便會漂浮在海洋中！
那麼，這是機器飛行的原理？還有名叫城市的大城鎮？還有我們其實全都生活在一個又大又圓的岩石上，而且它是在太陽系裏面圍繞着一顆恆星漂浮？
很厲害，對嗎？
下學年上進階天文課時，我便可以使用學校的望遠鏡了，我真希望也能讓你看看。
答應我，你會告訴我你看到的一切！
喂，路卡！我一直到處找你。來吧，我們要走了。

之後……
PACIUGO
PIANELLO
AUTO
MOTO
GOMME
親愛的偉士牌電單車，你很快便會是我們的了。
看，我考慮過我們需要的每一樣東西，我還添加了火焰噴射器。
真是太有型了！
雪糕
帳幕
雨傘
意大利麪
我們還可以帶一個望遠鏡！莉莉説過，她的學校裏還有一個更大的呢。等等！不如我們去學校探望她？
為什麼你會想那樣做？我們想得到偉士牌電單車完全是為了過自己的生活！我們不需要學校！不需要任何人！
我們不可以先試試看嗎？只去數天？
路卡，海獸不能去上學。你認為他們看見你的魚臉時會發生什麼事？
嗖噗

看看這是誰呀。你們兩個有些古怪。我是說，除了那魚腥味外，你們還在掩飾某些事情。
是不是我們比你聰明這件事情？我們並沒有掩飾啊，
那其實相當明顯了。
你知道的，人們認為我是個和善的人。不過說真的，我不是。
住手！
我想非常清楚地告訴你們，這是我的城鎮，我不想有你在裏面！
噢！
我說住手！
把那東西放下，小不點，你會傷害到自己的。
放開他。
沒有人希望你們留在這裏，笨蛋！繼續跑吧！

隨着日子過去，路卡、艾伯圖和莉莉不斷訓練……
加油，艾伯圖！加油！
他們一點一點……
有所進步！
直到有一天……
你做得到的，路卡！加油！
咦！
路卡？
路卡！
路卡！
我們去哪裏？
呃，走捷徑！

太厲害了，路卡。
那是你至今表現得
最出色的一次！
噢！各位，看！
那是前往熱那亞
的火車。

我其實一直在想，
你的學校會不會讓
所有人入讀？
嗯，我想是
的，不過那需
要一點點錢。
走吧！
艾伯圖！
停下來！

那是膽小鬼
在說話！
嗚哇！
撲通

噢，不好了！
路卡？艾伯圖？
她會看見我們的，來吧！
看，我只是想示範給你看怎樣做才是對的。
你不知道怎樣做才是對的！你撞車了！而且掉進大海裏！
那很好啊！
一點也不好！我的父母剛發現了我！
路卡，你的父母不在這裏。這個城鎮令你發瘋了。
我們只需要贏得那輛偉士牌電單車，然後離開這裏。
我不想離開，我要去上學。
又提那件事？我們不能去上學！如果她看見真正的你，那會發生什麼事？其他人看見你又會怎樣？
別碰我！

你們還活着！呃，發生什麼事？
沒事。我們回去繼續訓練吧……
其實我們有些事情要問你。我們……可以跟你去你的學校嗎？
當然可以！那是個好主意啊！
莉莉，你的學校是不是會接收各種各樣的學生？
我是說，假如有些學生不是人類，噢，我不知道……例如說是海獸？
不要！
哇呀呀！不要傷害我們！

看到了吧？我就知道會發生這……
有海獸！
路卡？
海獸！他就在那裏！
嘩！
嘩啦啦
快到船上去！我們要殺死一隻海獸了！

你們回來了！我煮了你們最喜歡的……艾伯圖在哪裏？
他，呃……他離開了，馬科瓦多先生。
他應該不想任何人去找他。
也許如此，不過以防萬一。
我們兩個仍可以繼續比賽。
「在那尾魚下安睡！」如今我明白了。
我可以解釋的！
嗚！
海獸可以到那麼多地方，你們卻來了波托羅素？你了解這個城鎮嗎？我的爸爸會捕獵海獸！
路卡，你必須離開這裏！這不值得！用自己的生命冒險？就為了一輛偉士牌電單車？
你不明白！我的父母打算將我送走！我永遠都無法和艾伯圖見面了！
那就是為什麼我們做了這一切。
但如今一切都結束了。再見，莉莉，我很抱歉。

之後，路卡游到馬雷島，想要跟好朋友和好……
艾伯圖？
對不起。我不應該那樣做的……
隨便你怎樣做吧。我聽到你説對不起了，現在快滾吧。

嗯？

牆上那些記號是什麼？
從我爸爸離開後我便開始畫記號。
你自己一個在這裏生活了……那麼多天？

一段日子過後，我乾脆不再計算了。沒有我的話，他會過得更好，你也一樣。

你是個好孩子，而我只是個破壞王。你和我一開始就不應該做朋友，給我離開這裏！
好吧，我會離開。我要去勝出比賽。

什麼？

沒錯！那輛偉士牌電單車將會是屬於我們的，我們會一起騎着它離開！
那太瘋狂了！

第二天，在三項鐵人大食賽現場……
莉莉，加油！
來點橄欖油吧，他會像小刀一樣幫助你破開水流。
TRATTORIA
路卡決定獨自參賽，以免令莉莉惹上任何麻煩！
噢，這真讓我發笑。我想連你那些糟糕的朋友，都不想和你做朋友了！
各位先生女士！三項鐵人大食賽即將開始了！如果今天有任何海獸現身，我們也準備好對付他們了！
嘶呼！
泳手們，各就各位！
叮鈴叮鈴

莉莉率先離開水面，然後她向路卡示範怎樣用叉子把意大利麪捲起來吃掉……
謝謝你！
別向我道謝！
呀呀呀！
別哭了，快碰阿瘦！

終於吃完了！
天！阿瘦！吃快點！

他吃完了！
吃完了！

就是他！路卡！停下來！
對不起，媽媽！對不起，爸爸！我必須繼續比賽！

我會在下坡時追上你！嗝！
小女孩，你從來未試過堅持到下坡呀！
什麼？不可能！他作弊了！裁判！裁判！
不過突然……
不不不不……
不要現在下雨！我快要勝出了！求求你停下……
路卡！
你要堅持住！我來救你了！
艾伯圖！
我説最後一次，你們兩個不屬於這裏。滾出我的城鎮……
噗

呀！是海獸！
阿肥！把我的魚叉
拿來！快點！
我不會讓你
逃掉的！

艾伯圖！
我們快到
海裏去！

你早應該聽在我的話
離開，我現在要來殺
死幾隻海獸了！

永別了，
不公義的邪惡
帝國！
砰

不！
嗄吱吱吱

三項鐵人
大食賽
終點
三項鐵人
大食賽
你還好嗎？
莉莉！
對，我，呃……還好。謝謝你們。
路卡！回到海裏去！
兒子，快點！
你能相信牠們真的存在嗎？
別讓他們跑掉！海獸是我的！
住手！他們不是怪物！
哦，是嗎？那他們是誰？

我知道他們是誰。
他們是……勝出者。
啪嚓

終點
三項鐵人
大食賽
三項鐵人
大食賽
事實上……根據規則……沒錯！他們勝出了。
誰管他們有沒有勝出？他們是海獸！
噓！
你們兩個失敗者終於有用得着的時候，上吧……
嗚呀！我不會游泳！
撲通
路卡，你讓我們擔心得要命，你永遠不可以再那樣做了，還有我以你為榮。
我愛你，媽媽！

那天晚上，路卡和他的朋友們、他的父母……還有祖母一起慶祝！
到了第二天，他必須和莉莉道別。她要返回熱那亞了……
再見了，莉莉。
再見了，各位！再見……
好啦，我們來改裝我們的偉士牌電單車……
對了，關於那輛電單車，我……可能要賣掉它了。
你在說什麼？
A113
熱那亞
起點：波托羅素
一人座位
媽媽？你們所有人在這裏做什麼？
如果你能答應每一天都寫信給我們，儘可能注意安全，我的意思是比安全更安全……
那你可以上學去。

我真的可以嗎？
謝謝你們！
一切都安排好了，你會跟莉莉和她的媽媽待在一起。
只要記着，我們永遠會在這裏支持你。

來吧，艾伯圖！火車快要開出了！
你的行李呢？你會一起來的，對吧？
我也想，不過馬西莫問我想不想留在這附近，也許是搬到鎮上。而我只是在想，我認為他需要我，你明白嗎？
沒有你，我一定做不到的。
你永遠不會沒有我在旁，
下次你要跳下懸崖，或是要叫膽小鬼別再打擾你時，我就在那裏。
去吧，路卡！去吧！
完